GUÍA DE LECTURA

Escrita por Natacha Cerf
Traducida por Tamara Montes Blanco

Las moscas

de Jean-Paul Sartre

Resumen
Express.com
GUÍA DE LECTURA
Cincuenta
sombras
de Grey
de E. L. James

JEAN-PAUL SARTRE

ESCRITOR E INTELECTUAL FRANCÉS

- **Nacido en 1905 en París (Francia)**
- **Fallecido en 1980 en la misma ciudad**
- **Algunas de sus obras:**
  - *La náusea* (1938), novela
  - *A puerta cerrada* (1944), obra de teatro
  - *El existencialismo es un humanismo* (1946), ensayo filosófico

Jean-Paul Sartre es un escritor y filósofo francés nacido en 1905 en París y fallecido en 1980. Célebre y repudiado al mismo tiempo por sus ideas existencialistas, es autor de varios ensayos como *El ser y la nada* (1943) o *El existencialismo es un humanismo* (1946). También escribió numerosos textos literarios en los que se despliegan con fuerza su filosofía y su definición de la literatura: *La náusea*, novela publicada en 1938, *Las moscas*, obra de teatro publicada en 1943 y también *A puerta cerrada*, editada en 1944. En 1964 rechaza el Premio Nobel de Literatura y publica *Las palabras*, una autobiografía sobre su infancia. También conocido por ser el compañero sentimental de Simone de Beauvoir (escritora francesa, 1908-1986), Sartre dejó huella no solo por su actividad como escritor sino también por su compromiso político con la extrema izquierda.

LAS MOSCAS

UN MITO GRIEGO PARA RELATAR LA ACTUALIDAD

- **Género:** obra de teatro (tragedia)
- **Edición de referencia:** Sartre, Jean-Paul. 1943. *Las moscas*. Traducido por Alfonso Sastre. E-book en PDF
- **Primera edición:** 1943
- **Temática:** libertad, remordimiento, asesinato, sacrificio, familia, culpabilidad

Las moscas, tragedia en tres actos, se publicó en 1943, durante la Segunda Guerra Mundial. La obra evoca el antiguo mito griego de los Atreides. Comienza con la vuelta de Orestes a su ciudad natal, Argos. Quince años antes, su madre, Clitemnestra, y su amante, Egisto, habían asesinado a su padre, Agamenón. El eterno remordimiento del pueblo se simboliza con la presencia de moscas enviadas por Júpiter a la ciudad, que se convierte en un infierno abrasador y lleno de gritos de espanto. Convencido por su hermana Electra, Orestes mata con su espada a los asesinos de su padre. Niega arrepentirse de esta elección libre y se sacrifica en aras de la paz de los habitantes de Argos: abandona la ciudad, llevándose consigo a las moscas.

Esta reescritura del antiguo mito, que desarrolla el tema de la libertad de elección y acción, es una referencia a Francia bajo la Ocupación.

RESUMEN

SÍMBOLO DE CULPABILIDAD

Clitemnestra, la madre de Orestes, y su amante Egisto, el actual rey, han asesinado al padre de Orestes, Agamenón. Como castigo, los dioses han enviado una lluvia de moscas a la ciudad, símbolo de la culpa eterna de sus habitantes, que por gozar del espectáculo de la muerte no avisaron a Agamenón del peligro que corría.

Quince años después, cuando Orestes vuelve a Argos, su tierra natal, es recibido por una miríada de moscas. Se da cuenta de que Júpiter, dios de las moscas y la muerte, se regodea en el arrepentimiento de la muchedumbre:

> «Paredes embadurnadas de sangre, millones de moscas, olor a carnicería, un calor infernal, calles desiertas, un dios con cara de asesinado, larvas aterrorizadas que se dan golpes de pecho en el fondo de sus casas, y esos gritos, esos gritos insoportables: ¿es eso lo que le gusta a Júpiter?» (Sartre 1943, 3).

Electra, la hermana de Orestes, se acerca a la estatua de Júpiter para elevarle una ofrenda de alimentos podridos y ceniza: escupe a los pies de la estatua y le reprocha que se complazca en el aroma de la muerte. Orestes se presenta ante ella bajo el nombre de Filebo y conoce a su hermana. Esta le relata su vida de esclava al servicio de su madre, la reina, y del rey.

LA CEREMONIA

Clitemnestra pide a su hija que se prepare para el aniversario de la muerte de Agamenón, una ceremonia durante la cual los soldados abren la caverna que comunica con el mundo de los muertos, que salen del Inframundo para reunirse con los ciudadanos. Cada uno debe pasar un día con sus difuntos.

Los habitantes de Argos, pálidos y con los ojos hundidos, se reúnen y esperan con sufrimiento que comience la ceremonia. Cada uno se lamenta por lo suyo: «¡Apesto! ¡Apesto! ¡Soy una carroña inmunda! ¡Mirad: las moscas se vienen conmigo como cuervos! ¡Picad, cavad, agujereadme, moscas vengadoras, meteos por mi carne hasta mi repugnante corazón! He pecado, he pecado mil veces; soy un sumidero, una letrina» (Sartre 1943, 10-11). El sumo sacerdote, por su parte, invita a los muertos —maridos cornudos, madres abandonadas y miserables— a que se desquiten de su odio con los vivos.

Electra, guardando las distancias ante este macabro ritual, aparece vestida de blanco en las escaleras del templo. Su atuendo es una ofensa para el pueblo enlutado, pero ella no comprende por qué debería llorar:

> «Me río, es verdad, por primera vez en mi vida; me río, soy feliz. ¿Os figuráis que mi felicidad no alegra el corazón de mi padre? ¡Ah! Si es que está ahí, si ve a su hija vestida de blanco, a su hija reducida por vosotros a la abyecta condición de esclava; si ve que lleva la frente alta y que la desdicha no ha abatido su orgullo, entonces estoy segura de que no piensa en maldecirme; sus ojos brillan en el rostro torturado y sus

labios sangrientos intentan sonreír» (Sartre 1943, 12).

La joven consigue así hacer a los hombres conscientes de que son su propio verdugo. Júpiter, sin embargo, que teme que consiga influir en el pueblo, hace rodar la gran roca que obstruía la entrada a la caverna que hay bajo las escaleras del templo, para que todos vuelvan a caer en su penitencia. Electra, por su parte, es condenada por el rey a abandonar la ciudad, descalza y sin llevarse nada.

EL PROYECTO DE ORESTES Y ELECTRA

Orestes descubre su verdadera identidad ante Electra. No es el hermano que se había imaginado, un soldado corroído por la cólera y el sufrimiento. Por tanto, para ella Orestes no forma parte de la raza de los Atreides, una familia maldita atrapada en el ciclo de la venganza, y lo rechaza. Ante la reacción de su hermana, Orestes pierde su delicadeza y decide asesinar a los monarcas, como ella desea.

Júpiter advierte al rey que Orestes se ha propuesto matarlo. El dios ha permitido el asesinato de Agamenón porque este ha sumido a todo el pueblo en el arrepentimiento, pero se opone a que se mate a Egisto porque Orestes no sentirá ningún remordimiento. El dios informa a Egisto de que si los hombres llegaran a ser conscientes de su libertad, los reyes y los dioses perderían todo su poder; por eso Orestes es peligroso, porque se sabe libre.

Electra y Orestes se esconden en palacio, donde oyen contar a Egisto que él no tiene ningún remordimiento. Las mentiras que ha inventado para esclavizar al pueblo le han ennegrecido el alma:

Al ver que se le presenta la ocasión, Orestes pasa a la acción y atraviesa con su espada a Egisto y a Clitemnestra. Él y su hermana se refugian en el templo de Apolo. Los rodean las moscas, las Erinias, diosas del remordimiento, que se alegran de destruir lo bello, es decir a los dos jóvenes.

LA LIBERTAD, SINÓNIMO DE EXILIO

La libertad de Orestes es un exilio, ya que es el único que la asume: es la oveja negra de un rebaño sumiso y esclavo. Se siente feliz de no tener otra ley que la suya y quiere abrir los ojos a su gente.

El joven no se arrepiente de nada, ni siquiera de que su hermana esté moribunda a causa de sus remordimientos. Sabe que ella misma puede liberarse, y que ella es la causante de su propio pesar: es libre de asumir los actos que quiera. Después, Electra sale del templo, decidida a consagrar su vida a expiar sus culpas. El pedagogo advierte a Orestes que toda la población de Argos se ha congregado allí, dispuesta a lapidarlo.

Entonces, Orestes se dirige a la multitud y les revela que es hijo de Agamenón. El pueblo había tomado a Egisto, el asesino de su padre, por uno de los suyos, porque este no asumía sus actos. No obstante, Orestes asume su crimen con orgullo y libertad, y también con alegría. Por eso Argos lo rechaza. Es entonces cuando Orestes propone sacrificarse llevándose todos los remordimientos y angustias de los ciudadanos, para brindarles la paz. Convertido en rey sin tierra y sin súbditos, abandona la ciudad acompañado por las Erinias (las moscas) de todos los habitantes de Argos.

ESTUDIO DE LOS PERSONAJES

ORESTES

Hijo de Clitemnestra y de Agamenón, Orestes nace en Argos, pero se siente un muerto: «¿Quién soy yo y qué tengo para dar? Apenas existo: de todos los fantasmas que merodean hoy por la ciudad, no hay ninguno más espectral que yo. He conocido amores espectrales, dubitantes y dispersos cual vapores; pero ignoro las densas pasiones de los vivos» (Sartre 1943, 15).

Orestes es inconsistente: no ha conocido el odio ni la pasión. Despojado de recuerdos, querría encontrar su lugar en la historia de su pueblo y mezclarse con los habitantes de Argos para escapar del vacío interior que le angustia: «Compréndeme: yo quiero ser un hombre de algún sitio [...]. Mira: un esclavo, cuando pasa, cansado y adusto, llevando un gran fardo, [...] está en *su* ciudad, como una rama en la enramada. [...] [Q]uiero ser ese esclavo, Electra; yo quiero ponerme la ciudad alrededor y envolverme en ella como en una sábana mía» (Sartre 1943, 15). Orestes preferiría ser un esclavo, una cosa, más que un transeúnte extranjero para los otros y para él mismo. Por esa razón decide asesinar a Egisto y a Clitemnestra, tal y como desea su hermana.

Este crimen lo transforma. Descubre que su estatus de aislado no es más que la consecuencia de su libertad. Asume plenamente su acto y clama al pueblo su verdad.

ELECTRA

Hija del rey Agamenón y de Clitemnestra, además de hermana de Orestes. Ha sido rebajada a esclava por su madre y Egisto, por lo que sueña con un hermano que llegaría para liberarla.

Se rebela contra la farsa llevada a cabo por Egisto para someter a su pueblo y se niega a doblegarse al teatro de las lamentaciones a los pies de la estatua de Júpiter, a llevar ropa de luto y a estar triste. Electra quiere bailar y ser feliz. Desea que los argivos también hagan lo mismo e intenta, durante la ceremonia, hacer que el pueblo tome consciencia de que es verdugo de sí mismo. Para castigarla, el rey envía a Electra al exilio, lo que hace que se llene de odio.

Electra convence a su hermano de matar a la pareja real, pero enseguida se arrepiente. Se siente profundamente culpable y se ve presa de un gran dolor moral. Su deseo de venganza y su voluntad de escapar de la esclavitud se disipan una vez se ha cumplido el acto. La ambivalencia de sus sentimientos la domina. Ya no sabe lo que ha querido y se da cuenta de que el odio que sentía hacia su madre escondía en realidad una mezcla de fascinación y de deseo de amor hacia ella. Incapaz de asumir el acto que ha deseado, Electra sigue siendo esclava entregándose a Júpiter.

JÚPITER

Dios de las moscas y de la muerte, envió a las Erinias, las diosas de los remordimientos encarnadas en moscas, al pueblo de Argos a fin de atormentar a los argivos y someterlos. Dios omnisciente (que todo sabe), conoce de inmediato la auténtica identidad de Orestes, interviene durante la ceremonia de los muertos para impedir que Electra convenza al pueblo de librarse del yugo del duelo eterno y somete varias veces a los personajes a su voluntad.

Sin embargo, Júpiter también posee características humanas. Desempeña el papel de sirviente para Orestes, que lo trata como tal, y le propone guiarlo en el pueblo y aconsejarle. El personaje de Júpiter está lejos de portar los rasgos de un dios terrible. Además, solo y cansado ante la libertad y las responsabilidades que esta implica, Júpiter se muestra muy cercano a los hombres. Para conservar un estatus de tirano, intentar hacer que estos últimos olviden que los creó libres.

EGISTO Y CLITEMNESTRA

Clitemnestra, la reina, y su amante, Egisto, convertido en rey de Argos, mataron a Agamenón. Desde entonces, imponen a su pueblo un deber de culpabilidad y un duelo permanente a fin de conservar su poder sobre él.

Egisto es un hombre ávido de poder que acaba por descubrir que la autoridad lo deja vacío en por dentro. No es otra cosa que la imagen que da de sí mismo, un títere a quien el teatro del poder le ha robado la personalidad. Obligado a desempeñar un papel, no es capaz de experimentar sentimientos reales:

> «Desde que reino, todos mis actos y todas mis palabras apuntan a componer mi imagen; quiero que cada uno de

mis súbditos la lleve en sí [...].Pero mi primera víctima soy yo mismo; ya no me veo sino como ellos me ven; me asomo al pozo abierto de sus almas y allí está mi imagen, en el fondo; y a mí me repugna y me fascina. Dios Todopoderoso. ¿Qué soy yo sino el miedo que los demás tienen de mí?» (Sartre 1943, 20).

Agotado, se niega a impedir que Orestes lo asesine.

Clitemnestra también está atrapada en la imagen que da a los demás de sí misma: la imagen de una reina carcomida por el remordimiento. Practicando la confesión pública sin cesar, se despersonaliza y se reduce a su mala conciencia. Clitemnestra y Egisto son dos personajes secundarios y falsos manipulados por Júpiter.

CLAVES DE LECTURA

EL CONTEXTO POLÍTICO

Las moscas es una obra escrita y representada durante la Ocupación. Sartre la concibe como una llamada a la libertad y a la resistencia.

El 22 de junio de 1940, se firma el armisticio entre el representante del Tercer Reich hitleriano y el gobierno del mariscal Pétain: entonces Francia sufre cuatro años de ocupación, y el pueblo debe elegir entre el camino de la resistencia o el de la colaboración. Sartre nota en la propaganda de Vichy una llamada al remordimiento y un *mea culpa*. Efectivamente, esta propaganda llamaba a Francia a un deber de colaboración, a levantar acta de la defensa y a pagar por sus faltas. Por lo tanto, se puede establecer un paralelismo entre el discurso de Pétain y la voluntad de Egisto de abrumar a su pueblo a través de la organización de un culto a los remordimientos.

El teatro de la época estaba sometido a una censura destinada a impedir cualquier apoyo a la resistencia y a promover la ideología nazi. Pero Sartre obtuvo un visado para representar su obra. Las críticas publicadas en la prensa parecen indicar que el público no percibió las llamadas a la resistencia enmascaradas en *Las moscas*. Tan solo los intelectuales y el público perspicaz entendieron el mensaje.

LA MIRADA DEL OTRO

Los hombres se miran los unos a los otros sin parar. Sartre

nos muestra las consecuencias de estas miradas impuestas y que se imponen.

La mirada es la expresión más visible de una personalidad, de un humor o de un carácter. Los personajes de la obra ilustran perfectamente este hecho consumado: Clitemnestra se caracteriza por sus «ojos muertos»; el pueblo de Argos, aplastado por el peso de los remordimientos, tiene «los ojos vacíos»; al principio de la obra, Electra tiene los «ojos llenos de fuego», pero, tras el asesinato de su madre, están «muertos» como los de la difunta.

Por lo tanto, la mirada revela los pensamientos y las profundidades del alma. Pero, además, se impone a los demás. Júpiter intenta hipnotizar a los personajes con su mirada constantemente. Este es el caso cuando Orestes intenta interrumpir la ceremonia de los muertos: «Mírame, muchachito, mírame a la cara. [...]¡Ajá! Ya has comprendido. Ahora, silencio» (Sartre 1943, 11).

Finalmente, la mirada también puede convertirse en una instancia moral que juzga y condena. Entonces la mirada pasa a ser un juicio de valor interiorizado por los personajes que, como no consiguen escapar de los ojos que observan el fondo de su conciencia, se condenan ellos mismos. Electra es el ejemplo de esto, puesto que, tras la muerte de su madre, cree ver «millones de ojos» y de moscas que la reprueban.

Por lo tanto, en la obra de Sartre, lo visual está en el centro del texto. Los ojos no solo permiten ver, sino que también tienen la particularidad de convertirse a su vez en un espejo en el que cada personaje se puede ver reflejado en los ojos de otro. Esto engendra una trampa en la que cae el personaje que observa, una trampa en la que «yo es otro». Los hombres son conducidos a conformarse con la imagen que captan de sí mismos en el espejo presentado por los ojos de los demás. Pensemos en cuando Egisto es consciente de que es esclavo de la imagen de poder que busca imponer a los argivos. Egisto se despersonaliza y ya no es nada más que el miedo que inspira en los otros.

Tan solo Orestes sigue siendo él mismo y no se deja apresar por los demás.

LOS REMORDIMIENTOS DE UN PUEBLO

Los ciudadanos de Argos se presentan como absolutamente determinados por la culpabilidad del asesinato de Agamenón. Se reducen a su falta y en el presente no son más que la expiación de esta falta pasada. Los argivos renuncian de ese modo a cualquier posibilidad de futuro. Por miedo a la libertad y a la responsabilidad de asumir sus actos, se cosifican. Los ciudadanos de Argos consideran la vida un juego de azar del que no son responsables. En consecuencia, ya no están obligados a decidir sus actos para su presente y su futuro. Están como muertos. Sartre califica esta actitud como «mala fe».

El remordimiento del pueblo se convierte en «arrepentimiento», una forma de vivir totalmente ajustada a los rituales de penitencia. Es una auténtica renuncia. Los argivos han elegido convertirse en sus propios verdugos. A pesar de eso, esta expiación perpetua no significa que se reconozcan culpables de sus faltas: más bien se trata de un pretexto para no tener que decidir sus actos futuros.

LA LIBERTAD SARTRIANA

Sartre distingue varias formas de libertad:

- la libertad de la desatadura, la del maestro. Está encarnada por Orestes, que al principio de la obra es presentado como un hombre libre. Esto es lo que descubrimos al leer la réplica del pedagogo:

> «¿No es nada la cultura, señor? Su cultura es suya. [...] ¿No le hice leer bien pronto todos los libros para que se familiarizara con la diversidad de las opiniones humanas, y recorrer cien estados, mostrándole en cada circunstancia lo variables que son las costumbres de los hombres? Ahora mírese: joven, rico y bien parecido, advertido como un viejo, exento de todas las servidumbres y de todas las creencias, sin familia, sin patria, sin religión, sin oficio, libre para todos los compromisos y sabiendo que jamás hay que comprometerse; un hombre superior, en fin, capaz, además, de enseñar filosofía o arquitectura en una gran ciudad universitaria..., y todavía se queja» (Sartre 1943, 4-5).

Este libre albedrío del que disfruta Orestes no le permite saber qué debe hacer. No es otra cosa que un vacío interior, una disponibilidad para nada. Esta libertad abstracta es ausencia absoluta de compromiso;

- la libertad del consentimiento sistemático de los acontecimientos, la del esclavo. Importantes sistemas filosóficos, como el de Epicteto (filósofo griego, c. 50-130), preconizan el hecho de tomar consciencia de los determinismos que nos condicionan a fin de aceptarlos con total sabiduría. Estos sistemas celebran la libertad absoluta del hombre: continúa siendo dueño de sus juicios y de sus representaciones a pesar de todas las circunstancias exteriores incontrolables. Sin embargo, Sartre percibe este acercamiento a la libertad como una resignación trágica. De hecho, el hombre quizá siga siendo dueño de sus pensamientos, pero se lo concibe como esclavo absoluto de las realidades exteriores. Por lo tanto, la libertad, tal y como la contempla Epicteto, carece, por su carácter extremamente limitado, de todo valor;

- la libertad, la de escoger continuamente. Al principio de la obra, Orestes desea ser un hombre entre los hombres y dejar de sentirse extranjero. En el momento en el que se decide a cometer el asesinato, comprende que no puede escapar de su vacío interior buscando su lugar entre los argivos. Resultaría ilusorio pensarlo, puesto que, como cualquier hombre, es extranjero para los demás y para sí mismo. Es precisamente este aislamiento el que constituye la libertad. Consiste en hacer elecciones constantemente y asumirlas: «Extraño a mí mismo, ya lo sé. Fuera de la naturaleza, contra natura, sin excusa, sin más recursos que en mí mismo. [...][E]stoy condenado a no tener otra ley que la mía. [...] [Y]o no puedo seguir más [camino] que el mío. Porque soy un hombre, Júpiter, y todo hombre debe inventar su propio camino» (Sartre 1943, 27).

En la situación inicial, su libertad estaba en el aire y era nula; tras el asesinato, toma cuerpo y conquista el peso de su existencia. Orestes, alejado del confortable inconformismo heredado de su cultura humanista gracias al pedagogo, abrió el camino que lleva a la libertad.

«La existencia precede a la esencia», la famosa fórmula de la teoría sartriana de la libertad, significa que el hombre existe primero y después se define a sí mismo, sin ayuda de Dios, con sus decisiones y sus actos. Así, se fabrica su historia y se hace dueño de su destino. Desde entonces, su responsabilidad resulta infinita.

Al contrario que Electra, que se cosifica interpretando su gesto como la consecuencia de diferentes factores externos, Orestes clama haber elegido su acto, sigue libre y mira hacia el futuro.

Sartre se pregunta también por la responsabilidad política de un pueblo que se somete a su tirano voluntariamente y con total libertad.

PISTAS PARA LA REFLEXIÓN

ALGUNAS PREGUNTAS PARA PROFUNDIZAR EN SU REFLEXIÓN...

- ¿Por qué podemos decir que *Las moscas* una tragedia?
- En su opinión, ¿por qué Sartre eligió las moscas para simbolizar los remordimientos de la gente de Argos?
- ¿En qué cambia por completo la orientación de la obra respecto a la de la tragedia antigua, *La Orestíada* de Esquilo?
- Electra se muestra sacrílega varias veces durante la obra. Sin embargo, aún se sitúa en el plano religioso. Explíquelo.
- Orestes libera al pueblo de Argos doblemente. ¿Cómo?
- ¿De qué manera es *Las moscas* una ilustración de la moral clásica del contagio por ejemplo?
- La obra realza el teatro de situación. ¿Por qué?
- «Nunca habíamos sido tan libres como durante la Ocupación» es una cita de Jean-Paul Sartre. ¿Qué piensa usted al respecto?
- En *Las moscas*, Sartre parodia a Pascal. Explíquelo.
- ¿Qué relación hay entre esta obra y el existencialismo que defiende el autor?

PARA IR MÁS ALLÁ

EDICIÓN DE REFERENCIA

- Sartre, Jean-Paul. 1943. *Las moscas*. Traducido por Alfonso Sastre. E-book en PDF.

ESTUDIO DE REFERENCIA

- Jeannelle, Jean-Louis. 1998. *Les Mouches*. París: Éditions Bréal, colección *Connaissance d'une œuvre*.

EN RESUMENEXPRESS.COM

- Guía de lectura de *A puerta cerrada* de Jean-Paul Sartre.
- Guía de lectura de *El existencialismo es un humanismo* de Jean-Paul Sartre.
- Guía de lectura de *La náusea* de Jean-Paul Sartre.
- Guía de lectura de *Las manos sucias* de Jean-Paul Sartre.
- Guía de lectura de *Las palabras* de Jean-Paul Sartre.

www.resumenexpress.com

ISBN ebook: 9782806283320

ISBN papel: 9782806283962

Depósito legal: D/2016/12603/342

Cubierta: © Primento

Libro realizado por Primento, el socio digital de los editores